JN274120

心のふうせん

藤本　美智子　詩・絵

JUNIOR POEM SERIES

もくじ

I 短詩《たんし》のロンド

Ⅱ　なにもないところ

Ⅲ　心のふうせん

Ⅰ

短《たん》詩《し》のロンド

星

宇宙《うちゅう》のかみさまが　かがやきをまいてくださった

つゆ

月のしずく　朝には葉っぱの上

月のひかり

からだのなかが　きれいになる

水

あのときふっていた雨？

滝《たき》

マイナスイオン　手足のさきまですいこんで
これからは　しなやかに歩いていける

くもったガラス

見えなくていいこともあるか

初秋《しょしゅう》

やっと息つぎができます

秋

山のまわりの空気があかるくなる

秋

きのうよりゆかが冷《つめ》たく感じる

（2010年　第3回こころの芽コンサート・渡辺さとみ曲）

初秋

ブレス

冬のおひさま

ほっこり　ふんわり　ありがたい

冬

鼻《はな》が高くなれそう

花

見る者も生きる

色

空　葉っぱ　花　その色を
パレットにわけてください

つぼみ

待《ま》つあいだが　いい

きんもくせい
あのう　かおりが声をかけてくる

かすみそう
ほかの花とあそびたい

パンジー
ピラピラとぶよ

さくらの木

こんなところにもあったのか
今年の春も同じことを書いている

さくらの木のように
どんなところでも大きくなる

水仙《すいせん》

はずかしがりや

花しょうぶ
おっとり

朝顔《あさがお》
ファンファーレ

ききょう
つぼみ　紙ふうせん？

スイトピー
ほら　飛《と》ぶよ

ナデシコ
くもりなし

おちばの道を
ごめんね　ごめんね　ごめんね

蚊《か》さま
もう　おなかいっぱいになったかい

せみ
今　しかない

せみの声
シャンシャンシャンシャン
シャンとしなさい

おしピン
指《ゆび》もチクッ　いたいような気がした

書く
えんぴつがゆれる

ださく
紙とえんぴつさえあれば　できあがり

ふとん

いちまい以上のあたたかさ

手紙

ひと呼《こ》吸《きゅう》の楽しさ

ドア

きっちりしめない
決《き》まってしまいそうで

牛乳を飲むとき
カルシウムで困難《こんなん》に立ちむかうよ

スリッパ
パタパタな日常《にちじょう》

まくら
ゆめのフィルム内蔵《ないぞう》

カーテン
生活をあけたりしめたり

くつした
いつかはサンタさんのプレゼント

オルゴール
願いのひだのような

Ⅱ　なにもないところ

なにもないところへ

なにもない大地に
たねをまく
なにもない空間に
芽《め》がでる
根《ね》がささえる

なにもないところから
なにもないところへ

芽がでる
葉《は》がうまれる
くきがのびる

そして花がさく

空につづく木

春　芽《め》がふき

夏　葉《は》がしげり

秋　色づき

冬　きりっと立つ

くりかえし　くりかえし　くりかえし
ふと気づくと
空にすいこまれそうな木が
そこにある

はるいろ

はるいろを　みつけたよ
ひっそりと　みちの　かたすみに
さいている　すみれ
まだ　かぜは　つめたいけれど
はるを　しらせてくれたのね

はるいろを　みつけたよ
まんまるい　ひとみ　かがやかせ
さいている　たんぽぽ
まだ　たいよう　ねむそうなのに
はるを　はこんでくれたのね

今までどこに

今まで　どこに　かくれていたの
春が
枝から枝へと　とびうつり
うたを　さえずるよ
ピュルピュル　ピュルピュル
空は　水色
風も　ふいている

今まで　どこに　かくれていたの
春が

おひさまの光《ひかり》に　さそわれて
つぼみ　ひらいたよ
パッパッ　パッパッ
黄色　ももいろ
風も　ふいている

今まで　どこに　かくれていたの
春が
頭から足まで　おしゃれして
町へ　くりだすよ
ぞろぞろ　ぞろぞろ
みどり　さわやか
風も　ふいている

春の山

わかばの
きみどり色
ぽっ　ぽっ　ぽっ　と
ふきだし

さくらの
うすもも色の　あかり
ぽわんと
ともったら

うーん
春だなあ

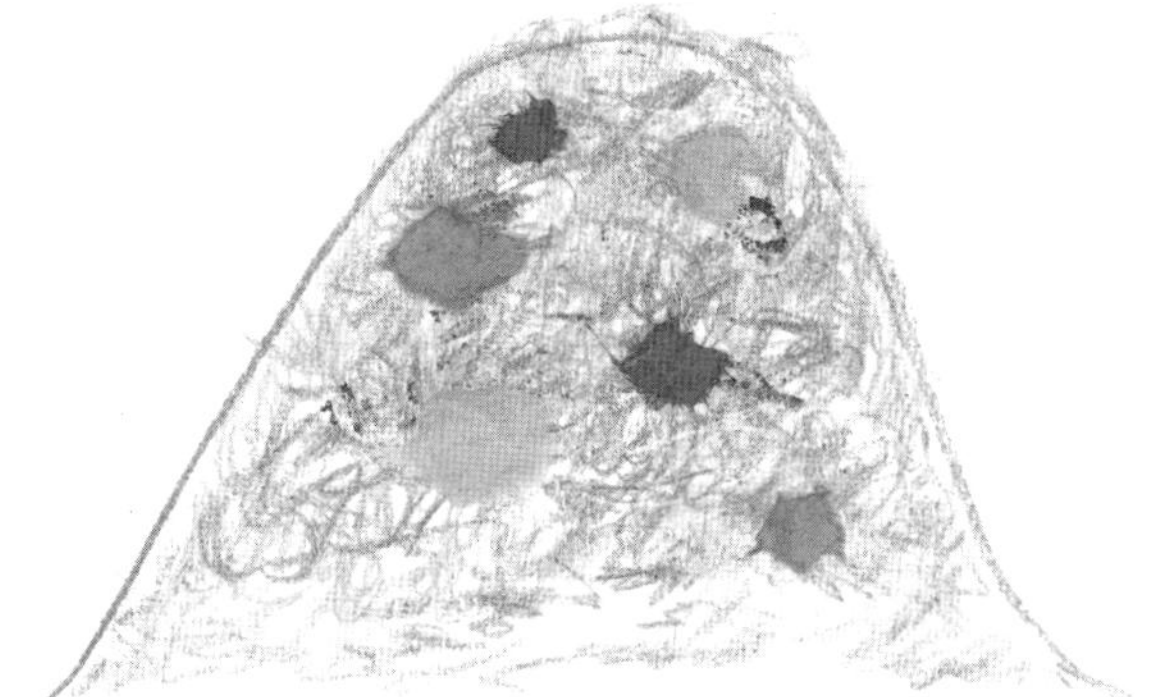

芽《め》

あさがおの種が土をおしあげた
茶色の小さな豆が
くっついたみたいになっている
わぁ　出てこられてよかったね

芽を出す
ほんのちょっとのことのようで
たぶん　たいへんな力がいる

明るい外の光をあびてからは
うきうき　のびのび
やりたいようにやっていく

夏は

夏は　はっきり
色が
はっきりしてるから　すき
空は　青くて
野原は　みどりで
明るく　ほら　かがやいているよ

夏は　くっきり
かたち
くっきり見えるから　すき
雲は　まるくて
山は　とがって
目のなか　ほら　とびこんでくるよ

朝顔

あれよあれよ
と　いうまに
こんなに　のびて
こんなに　葉《は》っぱをしげらせて

朝がくるたびに
花をつぎつぎにさかせて

なのになのに
ささえているのは
糸のような根

みどりの人

しずかなときを　もちたくて
ひとりぼっちで　出かけます
みどりのかおり　あふれてる
みどりの森に　つきました

すくすくのびた　木々《きぎ》たちは
いきをしている　みたいです
木《こ》かげの道を　どこまでも
葉《は》っぱを風が　ゆらします

木《こ》もれびゆれる　森のおく
空が遠くに　見えました
みどりのなかで　しんこきゅう
みどりの人に　なりました

（２０１３年第21回21世紀日本歌曲の潮流・田丸彩和子曲）

もう秋

雲が　飛《と》んでいる
空　もう秋

朝夕《あさゆう》　ひんやり
風　もう秋
スープが　うれしい
からだ　もう秋

ばかり

あかるくても
あかるくても
ゆうやけ
ゆうがた
「いや」
これから
くらくなる
ばかり

くらくても
くらくても
あさやけ
あけがた
「すき」
これから
あかるくなる
ばかり

あかるい一日

こんなに　はやくから
あかるいなんて
外へ　とびだして　いきたくなるよ
けしきの　スクリーンが
まぶしいばかりに　ひろがって
ほら　すんだ空気を　のもう

こんなに　おそくまで
あかるいなんて
うちへ　帰るのが　もったいないな
夕日の　つつみがみに
きょうの　できごと　つつんで
そっと　雲のシールを　はろう

ゆうがたの空

ゆうがた
へやがほんのり赤くなった
まどから外を見る
わあ！
空と雲と太陽が
ひとつにとけあっている

きょうも一日　ぶじにすごせました

どこかへ出かけたとか
おもしろいことをしたとか
そういうのでは　ないけれど
たぶん　しあわせ

音

聞こえていた音はどこへ行ったの
葉《は》っぱがふれあうと　どんな音
鳥は　どんな声で鳴いていた

わたしたちをせきたてる
めざましどけい
インターホン
電子レンジ

せんたくき
ケイタイ電話
車の音に人の足音がかき消され
機械《きかい》の音が会話《かいわ》をさえぎる
最近《さいきん》　人の笑《わら》い声を泣き声を
気にとめなくなった

思い出して

音

朝早く

朝早く
ピンと　はりつめた
空気のなか
ピチパチ
プチパチ
葉っぱのうまれる
音をきいたよ

ピチパチ
プチパチ
ひかりと風《かぜ》に
あいさつするよ
はじめまして

ぽとんらたん

りんごの木
葉《は》っぱの下が
くらすぎる
と　思ったのか

あさやけ色の
あかりを
ともしていく

あちら　こちら
ぽとんらたん
ぽとんらたん

うらおもて

葉《は》っぱに
うらとおもてが　あるように
人にも
うらとおもてが　あるのかな
おもてでわらって　うらでないて
おもては　さわやか　うらで　だまして
いっしょになれない　うらおもて
どこまでいっても　うらおもて

コインに
うらとおもてが　あるように
人にも
うらとおもてが　あるのかな
おもてでおこって　うらでごめん
おもては　しずかで　うらは　はげしい
いっしょになれない　うらおもて
いつまでたっても　うらおもて

ことりのぶらんこ

ことりの　ぶらんこ
けやきの　えだよ
ぶわぶわん
あがって　さがって
ぶわぶわん

ことりの　ぶらんこ
きもちが　いいよ
ゆらゆらん
まねして　みたいな
ゆらゆらん

Ⅲ

心《こころ》のふうせん

心のふうせん

やみに　おおわれた
心の　ふうせん
ふくらむ日もあれば
しぼむ日もある
針《はり》で　つつくと
なみだが　あふれだす
でも
いつか
にじ色の光
きらめくことが
あるかもしれない

なぜか　おもたい
心の　ふうせん
うかぶ日もあれば
しずむ日もある
どこへ　行くのか
自分でも　わからない
でも
いつか
大きな空を
めざすときが
くるかもしれない

（2010年第15回こどものコーラス展・山田茂博曲）

じんせい

はなやかなのが　いい
なにかあるのが　いい
なやむのが　いい

しずかなのが　いい
なにもないのが　いい
なやまないのが　いい

ふしぎ

おはかの前で
おじいちゃんが
わしが死んだら
来てくれるか
と　いった

死んだら　この中に　はいるのか

なんだか
ふしぎだけど
おじいちゃんと
いっしょに
手をあわせた

ドアの取《と》っ手《て》

出ていくときに　にぎる　内側《うちがわ》の取っ手
はいるときに　にぎる　外側《そとがわ》の取っ手
また
出ていくときに　にぎる　内側の取っ手

今まで　何回　にぎっただろう
これから　何回　にぎるだろう
どんな気持ちで　にぎるだろう

夢《ゆめ》は

自分は
なにが　すきか
夢は
たぶん　そこから
始まる

自分は
なにが　できるか
夢は
現実　見つめて
始まる

自分には
なにもない
夢は
ないところから
始まる

よかったね

おじいちゃん
おばあちゃん
おとうさん
おかあさん
こどもたち
みんな　そろって
朝が　きて
おはよう　と　いえたよ
よかったね

みんな　そろって
夜に　なり
おやすみ　も　いえたよ
よかったね

かさなりあう時間

三さいのあなたが
わらい
つられて
七十《ななじゅっ》さいのあなたも
わらう

ふたりのあいだに
ふんわりとした空気が

ただよう
三年前に出会い
今
同じときを
生きている

かさなりあう時間

階段

階段三段目に腰をおろす
ゆっくりまわりを見《み》まわす

いすにすわったときとちがって
新鮮《しんせん》
上のまどから光がふりそそぐ

ここにポツンといる自分

いつもとちがう電車

日曜日のゆうがた

電車のなかは
いつもとちがう
きもちのいい疲《つか》れと
みちたりた空気が　あふれている

こどもは　おとうさんに
おとうさんは　おかあさんに

おかあさんは　まどに
もたれて　ねむる
ゆうらゆら　ゴー　ゴットン

きょう登《のぼ》った
山《やま》のゆめでも　みているのかな

二月へ

二月のカレンダー
いつもより
数字が　ふたつかみっつ
すくないだけなのに
あいた　スペース
絵をいれたって
なんだか　とても　さびしいな

二月は　すぐすぎる
だんだんと
あかるく　なるから
さむくても　へいきだよ
花がさくのが
まちどおしくて
なんだか　きもち　はずむよね

オーブン

わたしは　からっぽだけど
いつでも待《ま》っている
なにかを待っている
わたしが　がんばるのは
なにかを　焼《や》きあげるとき
わたしが　幸《しあわ》せなのは
かおりが　ただようとき
バナナケーキだったり
チョコクッキーだったり
バターロールだったり
生きていると感じるよ

わたしは　からっぽだけど
いつでも待っている
なにかを待っている
わたしが　はりきるのは
なにかを　料理《りょうり》するとき
わたしが　楽しみなのは
フツフツ　音がするとき
チキンドリアだったり
えびグラタンだったり
ミートローフだったり
生きていると感じるよ

（２００８年第13回こどものコーラス展・山田茂博曲）

めざましどけい

キッチンの　めざましどけい
トントン　トトトン
なってます
ああ　目がさめた
なにを　きっているのかな
おなかがきゅうに　すいてきた

キッチンの　めざましどけい
シュッシュル　シュシュッシュ
ふいてます
ああ　まだねむい
あまい　ココア　のみたいな
あたらしい日の　はじまりだ

（２０１３年第36回童謡祭・山田茂博曲）

風《ふう》さん

——あとがきにかえて

やっぱりいない

フウさんと
さんぽから帰ってくる
おじさんが　もしかして　いるのでは
フウさんは　家の中をうかがう
やっぱりいない

しっぽがさがる

おじさんは二度と帰ってこないんだよ
わたしも自分にいいきかせる

車《くるま》

ウィーン
ハイブリッドカーがすぐ横を通った
おじさんが乗っていた車と同じ型《かた》
フウさんのせなかの毛がさかだつ

いちもくさんに走り出す
もう車は見えないのに

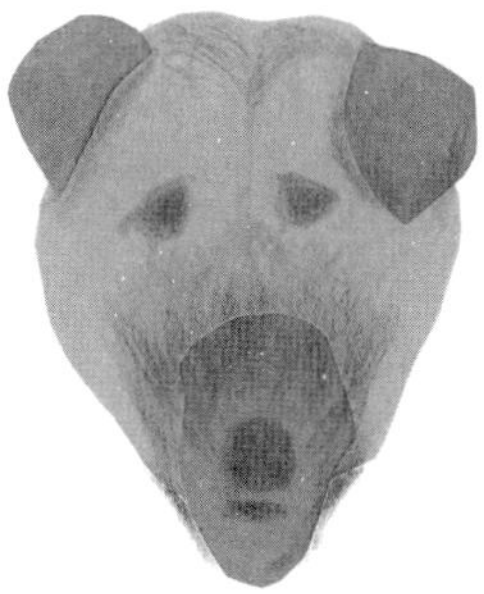

いっしょうけんめい追いかける
なみだが止《と》まらない

四国犬《しこくけん》

大きいですね
しこくけんですか

フウさん　いわれたよ
四国犬だって！

おじさんが　よく言ってたんだ
自分のふるさと　四国の野山を
思いっきり　走らせてやりたいって

にじ

ほら　フウさん
にじが　かかっているよ
すばらしいね

フウさんは　そんなことより
なにかおいしいものが　落ちていないか
さがすのにいそがしい

にじのむこうから
おじさんが見ているかも

詩・絵　藤本美智子（ふじもと　みちこ）
香川県生まれ
日本童謡協会会員
「こすもす」「あ・てんぽ」同人
『雨の日はさかなに』（1991年　編集工房ノア）
『緑のふんすい』（2010年　銀の鈴社）

NDC911
神奈川　銀の鈴社　2013
88頁　21cm（心のふうせん）

©本シリーズの掲載作品について、転載、付曲その他に利用する場合は、
著者と㈱銀の鈴社著作権部までおしらせください。
購入者以外の第三者による本書の電子複製は、認められておりません。

ジュニアポエムシリーズ　231　　2013年９月10日初版発行
本体1,200円＋税

心のふうせん

著　者　藤本美智子　詩・絵©
発行者　柴崎聡・西野真由美
編集発行　㈱銀の鈴社　TEL 0467-61-1930　FAX 0467-61-1931
〒248-0005　神奈川県鎌倉市雪ノ下3-8-33
http://www.ginsuzu.com
E-mail　info@ginsuzu.com

ISBN978－4－87786－231－2　C8092
落丁・乱丁本はお取り替え致します
印刷　電算印刷
製本　渋谷文泉閣

…ジュニアポエムシリーズ…

- 1 鈴木敏史・詩集 宮下琢郎・絵 星の美しい村 ★☆
- 2 小池知子・詩集 高志孝子・絵 おにわいっぱいぼくのなまえ ★☆
- 3 鶴岡千代子・詩集 武田淑子・絵 白い虹 児文芸新人賞
- 4 楠木しげお・詩集 久保雅勇・絵 カワウソの帽子
- 5 津坂治男・詩集 垣内美穂・絵 大きくなったら ★
- 6 後藤れい子・詩集 山本まつ子・絵 あくたれぼうずのかぞえうた
- 7 北村蔦子・詩集 柿本幸造・絵 あかちんらくがき
- 8 吉田瑞穂・詩集 吉田翠・絵 しおまねきと少年 ⌺★◎
- 9 新川和江・詩集 葉祥明・絵 野のまつり ★☆
- 10 阪田寛夫・詩集 織茂恭子・絵 夕方のにおい ◈★☆○
- 11 高田敏子・詩集 若山憲・絵 枯れ葉と星 ★☆
- 12 原田直友・詩集 吉田翠・絵 スイッチョの歌 ★◎
- 13 小林純一・詩集 久保雅勇・絵 茂作じいさん ◉★☆●◎
- 14 谷川俊太郎・詩集 長新太・絵 地球へのピクニック ★◎
- 15 与田準一・詩集 深沢省三・深沢紅子・絵 ゆめみることば ★
- 16 岸田衿子・詩集 中谷千代子・絵 だれもいそがない村
- 17 江間章子・詩集 榊原直美・絵 水と風 ◇◎
- 18 原田直友・詩集 小野まり・絵 虹—村の風景— ★
- 19 福田正夫・詩集 福田達夫・絵 星の輝く海 ★☆
- 20 草野心平・詩集 長野ヒデ子・絵 げんげと蛙 ★☆○◇
- 21 宮田滋子・詩集 青木まさる・絵 手紙のおうち ☆○
- 22 久保田昭三・詩集 斎藤彬子・絵 のはらでさきたい
- 23 鶴岡千代子・詩集 加倉井和夫・武田淑子・絵 白いクジャク ★●
- 24 尾上尚子・詩集 まど・みちお・絵 そらいろのビー玉 ★☆ 児文協新人賞
- 25 水上紅・詩集 深沢紅子・絵 私のすばる ☆
- 26 野呂昶・詩集 福島二三・絵 おとのかだん ★
- 27 こやま峰子・詩集 武田淑子・絵 さんかくじょうぎ ☆
- 28 青戸かいち・詩集 駒宮録郎・絵 ぞうの子だって
- 29 まきたかし・詩集 福田達夫・絵 いつか君の花咲くとき ★☆♡
- 30 薩摩忠・詩集 駒宮録郎・絵 まっかな秋 ★☆♡
- 31 新川和江・詩集 福島二三・絵 ヤァ!ヤナギの木 ★☆○♡
- 32 井上靖・詩集 駒宮録郎・絵 シリア沙漠の少年 ★☆♡
- 33 古村徹三 詩・絵 笑いの神さま
- 34 江上波夫・詩集 青空風太郎・絵 ミスター人類 ○☆
- 35 秋原秀夫・詩集 鈴木義治・絵 風の記憶 ★◎
- 36 水村三千夫・詩集 武田淑子・絵 鳩を飛ばす
- 37 久冨純江・詩集 渡辺安芸夫・絵 風車 クッキングポエム
- 38 日野生三・詩集 吉野晃希男・絵 雲のスフィンクス ★
- 39 佐藤雅子・詩集 佐藤太清・広瀬きよみ・絵 五月の風 ★
- 40 小黒恵子・詩集 武田淑子・絵 モンキーパズル ★
- 41 木村信子・詩集 山本典子・絵 でていった
- 42 中野栄子・詩集 吉田翠・絵 風のうた ☆
- 43 宮田滋子・詩集 牧村慶子・絵 絵をかく夕日 ★
- 44 大久保ティ子・詩集 渡辺安芸夫・絵 はたけの詩 ★☆
- 45 秋原秀夫・詩集 赤星亮衛・絵 ちいさなともだち ♥

☆日本図書館協会選定
★全国学校図書館協議会選定（SLA）
□少年詩賞　■茨城県すいせん図書
○厚生省中央児童福祉審議会すいせん図書
●日本童謡賞　♧岡山県選定図書
♡日本子どもの本研究会選定
♥秋田県選定図書
♣愛媛県教育会すいせん図書
◇岩手県選定図書
◆京都府選定図書
⌺芸術選奨文部大臣賞
◉赤い鳥文学賞　◈赤い靴賞

…ジュニアポエムシリーズ…

No.	著者	書名	記号
46	日友靖子詩集 藤城清治・安西明美・絵	猫曜日だから	◆☆
47	秋葉てる代詩集 武田淑子・絵	ハープムーンの夜に	♡
48	こやま峰子詩集 山本省三・絵	はじめのいーっぽ	★♡
49	黒柳啓子詩集 金子滋・絵	砂かけ狐	♡
50	三枝ますみ詩集 武田淑子・絵	ピカソの絵	☆♡●
51	夢虹二詩集 武田淑子・絵	とんぼの中にぼくがいる	♡○♥
52	はたちよしこ詩集 まど・みちお・絵	レモンの車輪	□♧
53	大岡信詩集 葉祥明・絵	朝の頌歌	★☆♡♥◎
54	吉田瑞穂詩集 吉田翠・絵	オホーツク海の月	★☆♡
55	さとう恭子詩集 村上保・絵	銀のしぶき	★☆♡
56	星乃ミミナ詩集 葉祥明・絵	星空の旅人	★☆♡
57	葉祥明 詩・絵	ありがとう そよ風	★♡▲
58	青戸かいち詩集 初山滋・絵	双葉と風	
59	小野ルミ詩集 和田誠・絵	ゆきふるるん	★☆●♡
60	なぐもはるき 詩・絵	たったひとりの読者	★♡♧
61	小関秀夫詩集 小倉玲子・絵	風《かざ》 栞《しおり》	★♡♥
62	海沼松世詩集 守下さおり・絵	かげろうのなか	☆♡
63	山本龍生詩集 小倉玲子・絵	春行き一番列車	♡
64	小泉周二詩集 深沢省三・絵	こもりうた	★☆♡
65	かわてせいぞう詩集 若山憲・絵	野原のなかで	♡★♥
66	えぐちまき詩集 赤星亮衛・絵	ぞうのかばん	♡◆♥
67	池田あきつ詩集 小倉玲子・絵	天気雨	♡
68	藤井則行詩集 君島美知子・絵	友へ	♡♤
69	藤哲生詩集 武田淑子・絵	秋いっぱい	★♠
70	日友靖子詩集 深沢紅子・絵	花天使を見ましたか	★
71	吉田瑞穂詩集 吉田翠・絵	はるおのかきの木	★
72	小島禄琅詩集 中村陽子・絵	海を越えた蝶	☆★♥♡
73	にしおまさこ詩集 杉田幸子・絵	あひるの子	★
74	山下竹二詩集 徳田徳志芸・絵	レモンの木	★
75	高崎乃理子詩集 奥山英俊・絵	おかあさんの庭	★♡
76	檜きみこ詩集 広瀬弦・絵	しっぽいっぽん	★●□☆♡
77	たかはしけいこ詩集 高田三郎・絵	おかあさんのにおい	♡♣□
78	星乃ミミナ詩集 深澤邦朗・絵	花かんむり	♥☆♡
79	佐藤照雄詩集 津波信久・絵	沖縄 風と少年	☆♡★
80	相馬梅子詩集 やなせたかし・絵	真珠のように	♥★
81	小島禄琅詩集 深沢紅子・絵	地球がすきだ	★
82	鈴木美智子詩集 黒澤梧郎・絵	龍のとぶ村	◇★♥
83	いがらしれいこ詩集 高田三郎・絵	小さなてのひら	☆
84	宮入黎子詩集 小倉玲子・絵	春のトランペット	☆★
85	下田喜久美詩集 方振寧・絵	ルビーの空気をすいました	☆
86	野呂昶詩集 方振寧・絵	銀の矢ふれふれ	★
87	ちよはらまちこ詩集 ちよはらまちこ・絵	パリパリサラダ	★
88	秋原秀夫詩集 徳田徳志芸・絵	地球のうた	☆★
89	中島あやこ詩集 井上緑・絵	もうひとつの部屋	★
90	藤川こうのすけ詩集 葉祥明・絵	こころインデックス	☆

✼サトウハチロー賞　✣毎日童謡賞
☼三木露風賞
♤福井県すいせん図書
▲神奈川県児童福祉審議会推薦優良図書

♠奈良県教育研究会すいせん図書
❖北海道選定図書　❁三越左千夫少年詩賞
◈静岡県すいせん図書
◎学校図書館図書整備協会選定図書（SLBA）

…ジュニアポエムシリーズ…

91 新井　和詩集　高田　三郎・絵　おばあちゃんの手紙 ☆★
92 はなわたえこ詩集　えばとかつこ・絵　みずたまりのへんじ ★●
93 柏木恵美子詩集　武田　淑子・絵　花のなかの先生 ☆
94 中原千津子詩集　寺内　直美・絵　鳩への手紙 ★
95 高瀬美代子詩集　小倉　玲子・絵　仲なおり ★
96 杉本深由起詩集　若山　憲・絵　トマトのきぶん ☆★◎ 児文芸新人賞
97 宍倉さとし詩集　守下さおり・絵　海は青いとはかぎらない ♧
98 石井　英行詩集　有賀　忍・絵　おじいちゃんの友だち ■
99 なかのひろ詩集　アサト・シェラ・絵　とうさんのラブレター ☆★
100 小松　静江詩集　藤川　秀之・絵　古自転車のバットマン
101 石原　一輝詩集　加藤　真夢・絵　空になりたい ☆✧★
102 小泉　周二詩集　西　真里子・絵　誕生日の朝 ☆■★
103 くすのきしげのり童謡　わたなべあきお・絵　いちにのさんかんび ☆★
104 成本　和子詩集　小倉　玲子・絵　生まれておいで ☆★✧♡♧
105 伊藤　政弘詩集　小倉　玲子・絵　心のかたちをした化石 ★
106 川崎　洋子詩集　井戸　妙子・絵　ハンカチの木 □★☆
107 柘植　愛子詩集　油野　誠一・絵　はずかしがりやのコジュケイ ✧
108 新谷智恵子詩集　葉　祥明・絵　風をください ☆◈☼●♡✢
109 金親　尚子詩集　牧　進・絵　あたたかな大地 ☆
110 黒柳　啓子詩集　吉田　翠・絵　父ちゃんの足音 ☆★♡□
111 富田　栄子詩集　油野　誠一・絵　にんじん笛 ♡☆
112 原　国子詩集　高畠　純・絵　ゆうべのうちに ☆
113 宇部　京子詩集　スズキコージ・絵　よいお天気の日に ○□●☆◇★
114 武鹿　悦子詩集　牧野　鈴子・絵　お花見 ☆□
115 山本なおこ詩集　梅田　俊作・絵　さりさりと雪の降る日 ☆★
116 小林比呂古詩集　おおた慶文・絵　ねこのみち ☆
117 後藤れい子詩集　渡辺あきお・絵　どろんこアイスクリーム ☆
118 重清　良吉詩集　高田　三郎・絵　草の上 ☆□✿◆★
119 宮中　雲子詩集　西　真里子・絵　どんな音がするでしょか ✼★
120 前山　敬子詩集　若山　憲・絵　のんびりくらげ ☆★
121 川端　律子詩集　若山　憲・絵　地球の星の上で ♡
122 たかはしけいこ詩集　織茂　恭子・絵　とうちゃん ♡✿♣★
123 宮田　滋子詩集　深澤　邦朗・絵　星の家族 ☆●
124 国沢たまき詩集　唐沢　静・絵　新しい空がある
125 池田あきつ詩集　小倉　玲子・絵　かえるの国 ★
126 黒田　恵子詩集　倉島千賀子・絵　ボクのすきなおばあちゃん ☆★♡
127 垣内　磯子詩集　宮崎　照代・絵　よなかのしまうまバス ☆♡★
128 小泉　周二詩集　佐藤　平八・絵　太陽へ ✿★●☆♡
129 中島　和子詩集　秋里　信子・絵　青い地球としゃぼんだま ☆★
130 のろさかん詩集　福島一二三・絵　天のたて琴 ☆
131 加藤　丈夫詩集　葉　祥明・絵　ただ今受信中 ☆★
132 北原　悠子詩集　深沢　紅子・絵　あなたがいるから ♡
133 池田もと子詩集　小倉　玲子・絵　おんぷになって ♡
134 鈴木　初江詩集　吉田　翠・絵　はねだしの百合 ★
135 垣内　磯子詩集　今井　俊・絵　かなしいときには ★

△長野県教育委員会すいせん図書　✡㈶日本動物愛護協会推薦図書
◆茨城県推奨図書

…ジュニアポエムシリーズ…

- 136 秋葉てる代詩集 やなせたかし・絵 おかしのすきな魔法使い ●★
- 137 青戸かいち詩集 永田萠・絵 小さなさようなら ✿★
- 138 柏木恵美子詩集 高田三郎・絵 雨のシロホン ♡★
- 139 藤井則行詩集 阿見みどり・絵 春だから ♡★◎
- 140 黒田勲子詩集 山中冬二・絵 いのちのみちを
- 141 南郷芳明詩集 的場豊子・絵 花時計
- 142 やなせたかし 詩・絵 生きているってふしぎだな
- 143 内田麟太郎詩集 斎藤隆夫・絵 うみがわらっている
- 144 しまざきふみ詩集 島崎奈緒・絵 こねこのゆめ ♡
- 145 糸永えつこ詩集 武井武雄・絵 ふしぎの部屋から ♡
- 146 石坂きみこ詩集 鈴木英二・絵 風の中へ ♡
- 147 坂本のこ詩集 坂本こう・絵 ぼくの居場所 ♡
- 148 島村木綿子 詩・絵 森のたまご ✿
- 149 楠木しげお詩集 わたせせいぞう・絵 まみちゃんのネコ ★
- 150 牛尾良子詩集 上矢津・絵 おかあさんの気持ち ♡
- 151 三越左千夫詩集 阿見みどり・絵 せかいでいちばん大きなかがみ ★
- 152 水村三千夫詩集 高見八重子・絵 月と子ねずみ
- 153 川越文子詩集 横松桃子・絵 ぼくの一歩ふしぎだね ★
- 154 すずきゆかり詩集 葉祥明・絵 まっすぐ空へ
- 155 西田純詩集 葉祥明・絵 木の声水の声
- 156 清野倭文子詩集 水科舞・絵 ちいさな秘《ひ》密《みつ》
- 157 川奈静詩集 直江みちる・絵 浜ひるがおはパラボラアンテナ ★◎
- 158 若木良水詩集 西真里子・絵 光と風の中で
- 159 牧陽子詩集 渡辺あきお・絵 ねこの詩 ★◎
- 160 宮田滋子詩集 阿見みどり・絵 愛一輪 ★◎
- 161 井上灯美子詩集 唐沢静・絵 ことばのくさり ☆●
- 162 滝波万理子詩集 滝波裕子・絵 みんな王《おう》様《さま》 ★●
- 163 冨岡みち詩集 関口コオ・絵 かぞえられへん せんぞさん ★
- 164 垣内磯子詩集 辻恵子・切り絵 緑色のライオン ★◎
- 165 すぎもとれいこ詩集 平井辰夫・絵 ちょっといいことあったとき ★
- 166 岡田喜代子詩集 おぐらひろかず・絵 千年の音 ★☆◎
- 167 川奈静詩集 直江みちる・絵 ひもの屋さんの空 ★◎☆♥♡
- 168 鶴岡千代子詩集 武田淑子・絵 白い花火 ★☆
- 169 井上灯美子詩集 唐沢静・絵 ちいさい空をノックノック ★◎☆
- 170 尾崎杏子詩集 ひなた山すじゅう郎・絵 海辺のほいくえん ☆♡★◎
- 171 柘植愛子詩集 やなせたかし・絵 たんぽぽ線路 ☆♡★◎●
- 172 小林比呂古詩集 うめざわのりお・絵 横須賀スケッチ ☆★◎♡▲
- 173 林佐知子詩集 串田敦子・絵 きょうという日 ☆★◎♡▲
- 174 後藤基宗子詩集 岡澤由紀子・絵 風とあくしゅ ☆♥★◎♡
- 175 土屋律子詩集 高瀬のぶえ・絵 るすばんカレー ☆♡★◎▲
- 176 三輪アイ子詩集 深沢邦朗・絵 かたぐるましてよ ★☆♡
- 177 田辺瑞美子詩集 西真里子・絵 地球賛歌 ☆★◎
- 178 高瀬美代子詩集 小倉玲子・絵 オカリナを吹く少女 ☆♡
- 179 中野惠子詩集 串田敦子・絵 コロポックルでておいで ★♡☆●
- 180 松井節子詩集 阿見みどり・絵 風が遊びにきている ★☆♡▲

…ジュニアポエムシリーズ…

- 181 新谷智恵子詩集 徳田徳志芸・絵 とびたいペンギン 佐世保文学賞 ♡★◎▲
- 182 牛尾良子詩集 牛尾征治・写真 庭のおしゃべり ♡★◎
- 183 三枝ますみ詩集 髙見八重子・絵 サバンナの子守歌 ☆★
- 184 佐藤雅子詩集 佐藤太清 菊池治子・絵 空の牧《まき》場《ば》 ☆★♡■◎◈
- 185 山内弘子詩集 おぐらひろかず・絵 思い出のポケット ♡★●
- 186 山内弘子詩集 阿見みどり・絵 花の旅人 ♡★▲
- 187 原国子詩集 牧野鈴子・絵 小鳥のしらせ ♡★△◎
- 188 人見敬子詩・絵 方《はこ》舟《ぶね》地球号 —いのちは元気— ♡★◎
- 189 林佐知子詩集 串田敦子・絵 天にまっすぐ ★☆♡◎
- 190 小臣富子詩集 渡辺あきお・絵 わんさかわんさかどうぶつさん ✡♡★◎
- 191 川越文子詩集 かまだちえみ・写真 もうすぐだからね ♡★◎
- 192 永田喜久男詩集 武田淑子・絵 はんぶんごっこ ☆★◎♡
- 193 吉田房子詩集 大和田明代・絵 大地はすごい ★◎♡
- 194 石井春香詩集 髙見八重子・絵 人魚の祈り ★♡
- 195 石原一輝詩集 小倉玲子・絵 雲のひるね ♡
- 196 たかはしけいこ詩集 髙橋敏彦・絵 そのあと ひとは ★
- 197 宮田滋子詩集 おおた慶文・絵 風がふく日のお星さま ★♡◎
- 198 渡辺恵美子詩集 つるみゆき・絵 空をひとりじめ ★♡●
- 199 宮中雲子詩集 西真里子・絵 手と手のうた ★
- 200 杉本深由起詩集 太田大八・絵 漢字のかんじ ★♡✤
- 201 井上灯美子詩集 唐沢静・絵 心の窓が目だったら ★♡
- 202 峰松晶子詩集 おおた慶文・絵 きばなコスモスの道 ★♡
- 203 高橋文子詩集 山中桃子・絵 八丈太鼓 ★♡
- 204 長野貴子詩集 武田淑子・絵 星座の散歩 ★♡
- 205 江口正子詩集 髙見八重子・絵 水の勇気 ♡☆★
- 206 藤本美智子詩・絵 緑のふんすい ☆♡★
- 207 林佐知子詩集 串田敦子・絵 春はどどど ♡★◎
- 208 小関秀夫詩集 阿見みどり・絵 風のほとり ☆♡★
- 209 宗美津子詩集 宗信寛・絵 きたのもりのシマフクロウ ♡★
- 210 かわてせいぞう詩集 髙橋敏彦・絵 流れのある風景 ☆♡★
- 211 土屋律子詩集 高瀬のぶえ・絵 ただいまぁ ★♡☆◎
- 212 永田喜久男詩集 武田淑子・絵 かえっておいで ☆♡★
- 213 みたみちこ詩集 牧進・絵 いのちの色 ♡★
- 214 糸永えつこ詩集 糸永わかこ・絵 母です 息子です おかまいなく ♡☆★
- 215 宮田滋子詩集 武田淑子・絵 さくらが走る ♡☆★●
- 216 柏木恵美子詩集 吉野晃希男・絵 ひとりぼっちの子クジラ ♡★◎
- 217 江口正子詩集 髙見八重子・絵 小さな勇気 ♡☆★
- 218 井上灯美子詩集 唐沢静・絵 いろのエンゼル ★♡
- 219 中島あやこ詩集 日向山寿十郎・絵 駅伝競走 ★☆♡
- 220 高橋孝治詩集 髙見八重子・絵 空の道 心の道 ★♡
- 221 江口正子詩集 日向山寿十郎・絵 勇気の子 ♡☆★
- 222 宮田滋子詩集 牧野鈴子・絵 白鳥よ ☆★
- 223 井上良子詩集 銅版画 太陽の指環 ★
- 224 川越文子詩集 山中桃子・絵 魔法のことば ♡☆★
- 225 西本みさこ詩集 上司かのん・絵 いつもいっしょ ☆♡

…ジュニアポエムシリーズ…

226 おばらいちこ詩集　髙見八重子・絵　ぞうのジャンボ ☆★
227 吉田　房子詩集　本田あまね・絵　まわしてみたい石臼
228 吉田　房子詩集　阿見みどり・絵　花　詩　集
229 田中たみ子詩集　唐沢　静・絵　へこたれんよ
230 林　佐知子詩集　串田　敦子・絵　この空につながる
231 藤本美智子　詩・絵　心のふうせん
232 火星　雅範詩集　西川　律子・絵　ささぶねうかべたよ
233 吉田　房子詩集　ゆりかごのうた

ジュニアポエムシリーズは、子どもにもわかる言葉で真実の世界をうたう個人詩集のシリーズです。

本シリーズからは、毎回多くの作品が教科書等の掲載詩に選ばれており、1975 年以来、全国の小・中学校の図書館や公共図書館等で、長く、広く、読み継がれています。

心を育むポエムの世界。

一人でも多くの子どもや大人に豊かなポエムの世界が届くよう、ジュニアポエムシリーズはこれからも小さな灯をともし続けて参ります。

掌の本　アンソロジー

こころの詩 I
しぜんの詩 I
いのちの詩 I
ありがとうの詩 I
詩集　希望
詩集　家族

心に残る本を　そっとポケットに　しのばせて…
・A7判（文庫本の半分サイズ）　・上製、箔押し

銀の小箱シリーズ

- 葉 祥明 詩・絵　小さな庭
- 若山 憲 詩・絵　白い煙突
- こばやしひろこ・詩　うめざわのりお・絵　みんななかよし
- 江口 正子・詩　油野 誠一・絵　みてみたい
- やなせたかし 詩・絵　あこがれよなかよくしよう
- 冨岡 みち・詩　関口 コオ・絵　ないしょやで
- 小林比呂古・詩　神谷 健雄・絵　花かたみ
- 小泉 周二・詩　辻 友紀子・絵　誕生日・おめでとう
- 柏原 耿子・詩　阿見みどり・絵　アハハ・ウフフ・オホホ★♡▲

すずのねえほん

- たかはしけいこ・詩　中釜浩一郎・絵　わたし★◎
- 尾上 尚子・詩　小倉 玲子・絵　ぽわぽわん
- 糸永えつこ・詩　高見八重子・絵　はるなつあきふゆもうひとつ★ 児文芸新人賞
- 山口 敦子・詩　高橋 宏幸・絵　ばあばとあそぼう
- あらい・まさはる・童謡　しのはらはれみ・絵　けさいちばんのおはようさん
- 佐藤 雅子・詩　佐藤 太清・絵　こもりうたのように● 美しい日本の12ヵ月 日本童謡賞
- 柏木 隆雄・詩　やなせたかし他・絵　かんさつ日記

アンソロジー

- 渡辺 浦人・編　村上 保・絵　赤い鳥 青い鳥
- わたげの会・編　渡辺あきお・絵　花ひらく
- 木曜会・編　西 真里子・絵　いまも星はでている
- 木曜会・編　西 真里子・絵　いったりきたり
- 木曜会・編　西 真里子・絵　宇宙からのメッセージ
- 木曜会・編　西 真里子・絵　地球のキャッチボール★◎
- 木曜会・編　西 真里子・絵　おにぎりとんがった☆★◎
- 木曜会・編　西 真里子・絵　みぃーつけた♡★◎
- 木曜会・編　西 真里子・絵　ドキドキがとまらない
- 木曜会・編　西 真里子・絵　神さまのお通り

銀鈴詩集

- 黒田 佳子詩集　夜の鳥たち
- 石田 洋平詩集　解錠音
- 霧島 葵詩集　小鳥のように